刘旭 ◎ 著

望江南 廣州好

WANGJIANGNAN GUANGZHOUHAO

SPM
南方出版传媒
广东人民出版社
·广州·

图书在版编目（CIP）数据

望江南·广州好/刘旭著. —广州：广东人民出版社，2021.7
ISBN 978 - 7 - 218 - 15013 - 0

Ⅰ. ①望…　Ⅱ. ①刘…　Ⅲ. ①诗词—作品集—中国—当代
Ⅳ. ①I227

中国版本图书馆 CIP 数据核字（2021）第 096944 号

WANGJIANGNAN · GUANGZHOUHAO

望江南·广州好

刘旭　著

出 版 人：肖风华

策划编辑：赵世平
责任编辑：赵瑞艳
责任技编：吴彦斌
封面题字：刘　旭
出版发行：广东人民出版社
地　　址：广东省广州市海珠区新港西路 204 号 2 号楼（邮政编码：510300）
电　　话：（020）85716809（总编室）
传　　真：（020）85716872
网　　址：http://www.gdpph.com
印　　刷：佛山市迎高彩印有限公司
开　　本：787mm×1092mm　1/16
印　　张：8.5　字　　数：90 千
版　　次：2021 年 7 月第 1 版
印　　次：2021 年 7 月第 1 次印刷
定　　价：45.00 元

　　本书作者在党校学习期间为人正直、好学上进、思维敏捷，给我留下深刻印象。在长期交往中，我感觉到作者尽管不是诗人，但具有诗人的灵气与才气。他自小酷爱诗词创作，青少年时期练就了体悟生活、抒发情感的悟性，不到 12 岁就创作了七言绝句《美景》："花红树绿星湖秀，美景观光人恋留。借问江山谁彩绘？工农大众写春秋。"本诗文集收录作者中学时期创作的诗词就有 10 篇之多。虽然作者在进入大学后聚焦于专业领域学习深造，工作后全身心投入改革开放伟大事业，但他始终诗心不改，对诗词创作的内在执着和灵感冲动在近年得以充分展现。本诗文集收录的 34 篇诗词中，有 15 篇是其在近两年时间内创作的。其中，《望江南·广州好》曾入围 2019 年 10 月广州市委宣传部和羊城晚报社主办的"望江南·广州好"诗词征集活动；所写诗词《清平乐·神农草堂》被广州市神农草堂博物馆收藏，《沁园春·粤剧》和《江城子·永庆坊》被粤剧艺术博物馆收藏。

作者是改革开放时代成长起来的学者型干部，大学毕业后一直在广州外经贸系统工作，是我国改革开放和广州城市发展的亲历者、实践者，亲身经历和感受这个时代中国所发生的深刻变革与取得的伟大成就，特别是亲自见证了广州老城市新活力、不断出新出彩的繁荣昌盛。《望江南·广州好》诗文集以诗词的方式再现了作者在改革开放的大潮中所经历的不平凡人生，是这个时代的缩影。非常难得的是，著名画家王可心先生专门为每一篇诗文精心配画了一幅栩栩如生的图画，两者相得益彰，使人读来身临其境、耳目一新。

《望江南·广州好》表达了作者对改革开放的讴歌和对中国发展成就的赞美，体现了作者对广州城市繁荣、人民幸福的自豪，反映了作者热爱党、热爱祖国、热爱社会主义的高尚情操，以及坚定不移跟党走、积极投身改革开放和中国特色社会主义伟大事业的家国情怀。《五律·悼总理》《渔家傲·怀念毛主席》《采桑子·红陵祭》《七律·新居赞》《满江红·思源思进》《七绝·服务贸易好》《七律·抗美援朝颂》《念奴娇·抗疫》《西江月·南沙自贸区》《七绝·闻中国出口劲增抒怀》等诗词，都是作者歌颂党、歌颂改革开放、歌颂社会主义的诗作表白。

《望江南·广州好》也表达了作者对广州这个具有悠久历史的千年古都和近代革命策源地的深深热爱，以及对中国岭南文化特色的无比赞赏，体现了作者植根南粤大地、热爱生活、积极向上的崇高境界。《七绝·美景》《菩萨蛮·镇海楼》《蝶恋花·陈家祠》《江城子·永庆坊》《浪淘沙·北京路步行街》《沁园春·粤剧》《清平乐·神农草堂》《鹊桥仙·广州农讲所》《望江南·广州好》《虞美人·黄埔新貌》等诗词，以极其优美的诗句表达了作者热爱祖国、热爱人民、热爱广州的高尚情怀。

　　作为改革开放时代精神和情感的结晶，本诗文集的出版将会产生积极的社会影响。真诚地感谢作者！

余甫功

2021 年 3 月 16 日于黄华园

目录

诗词类

● 诗词类

七绝·美景

花红树绿星湖秀，
美景观光人恋留。
借问江山谁彩绘？
工农大众写春秋。

注析

　　此诗是作者所作的第一首诗，写于1973年8月广州家中，时年未满12岁。观"星湖泛舟"挂历景色，兴致盎然，一气呵成。

五律·悼总理

终生扶社稷，

尽瘁且鞠躬。

八一创军史，

四九开国功。

高风亮世界，

外交扬寰中。

人民齐爱戴，

万古美名隆。

注析

一、作者 1976 年 1 月 10 日在广州市家中从收音机获悉周恩来总理病逝的消息，作诗以表哀思。

二、"八一创军史，四九开国功"，指周恩来总理是 1927 年 8 月 1 日南昌起义的主要领导人，是 1949 年 10 月 1 日建立中华人民共和国的开国元勋之一。

菩萨蛮·镇海楼

五羊献穗仙人游，

独好岭南镇海楼。

槛外红棉树，

江中唱晚舟。

佳果香四季，

粤韵响神州。

彩云追月起，

不辞乐悠悠。

6

注析

　　此词 1976 年 4 月作于广州市。广州又称"羊城"，五羊献穗传说的塑像坐落在越秀山上镇海楼的旁边。《彩云追月》是著名的广东音乐。此词中化用了苏东坡的诗句"日啖荔枝三百颗，不辞长作岭南人"。

独好岭南镇海楼 2020年11月17日 05'15"

水调歌头·七一抒怀

珠水飞金波，
陵园挺翠秀。
五十五载风云，
信仰钢铸就。
万里长征鼓舞，
革命建设加鞭，
一万年太久。
八亿人并肩，
气冲重霄九。

路线引，
战鼓响，
除腐朽。
赶超世界潮流，
四化舒广袖。
继承先烈精神，
意愿熔炉锻炼，
壮志永不锈。
丹心向党开，
大地皆锦绣。

注析

　　1976 年 7 月 1 日中国共产党成立 55 周年纪念日作于广州市。陵园指广州起义烈士陵园。

渔家傲·怀念毛主席

大地苍茫笼痛哀，
翻身做主思源来。
立党开国威四海，
恩情重，
人民领袖齐缅怀。

泪水转为豪气迈，
江山代有继人才。
太阳心中永不落，
雄文在，
千秋华夏宏图开。

注析

　　此词作于 1976 年 9 月 9 日毛泽东主席逝世日。"雄文"指
《毛泽东选集》，也指毛泽东思想。

采桑子·红陵祭

半世风雨祭英灵，

岁岁清明。

今又清明，

牺牲敢教旌旗擎。

真理起义舍身挺，

先烈红陵。

壮志红陵，

气清更向中华兴。

注析

一、此词作于 1977 年 4 月 5 日清明节，作者参加所读广州市第五十一中学组织赴广州起义烈士陵园的扫墓活动，当地属于羊城八景之一的"红陵旭日"，恰逢广州起义 50 周年，有感而作。

二、"牺牲敢教旌旗擎"和"壮志红陵"，引自毛泽东诗句"为有牺牲多壮志，敢教日月换新天"。

广州起义烈士陵园
2020.11.27 研心

七绝·送别

情随皓月春随风，
故友辞别粤海东。
晴空百里送飞雁，
祝福前程一路通。

注析

　　此诗1977年春作于广州市。因市第五十一中学高中的同班同学骆卓瑜全家移民香港，几位好朋友兼同学一起送别聚会，作者特作此诗赠别（骆卓瑜20世纪80年代赴美国读大学医科，毕业后定居美国从事医生职业）。

卜算子·咏梅

昔日满愁容，
今朝花吐红。
重祭已故栽植人，
万枝尽深躬。

喜得除四害，
茁壮傲冰封。
唤醒群芳相竞放，
大地起春风。

16

注析

一、此词 1977 年 9 月 9 日作于广州市，在打倒"四人帮"后国家举办"纪念毛泽东主席逝世一周年"活动之际，作者有感而作。以"梅花"比喻获得新生的中国；"已故栽植人"，指毛泽东主席。

二、"四害"指"四人帮"。

七律·分校之夜

月色轻轻开夜天，

书声琅琅落窗前。

日丽荷锄归夕照，

星垂旷野渐秋眠。

树鸟林中啼不住，

白纱帐里梦正甜。

学子务农来磨炼，

一日收成映笑颜。

注析

　　此诗是作者 1977 年 11 月在广州市第五十一中学读高二时到广州从化分校学农期间所作。

五律·分校抒怀

学农仍旧景，

高考却新篇。

听闻世上事，

更悟光阴甜。

身在深山里，

心飞浩海边。

青年不努力，

鹤发空茫然。

注析

　　作者1977年11月在广州市第五十一中学读高二时到广州从化分校学农期间，学校通知全体同学集中在操场收听重要广播，得知国家宣布恢复大学招生考试后，立志珍惜时间学习知识，争取考上大学干一番事业，遂兴余作赋。

七绝·赠黄申灵同学

赠别夕阳斜草坡，

黄莺对歌共湖泊。

申述曾为同树鸟，

灵通笑语逝清波。

注析

　　此诗1984年7月作于广州市，作者与黄申灵是暨南大学数学系数学专业80级（二）班本科四年的同班同学，在毕业时赠诗作别；作者与黄申灵还是广州市第五十一中学的校友（黄申灵毕业后在广东南海东部石油公司工作，结婚后移民到加拿大）。

七绝·和陈志雄同学

白黑士勇交相投，
弈战明湖逸兴悠。
同窗四载谊难尽，
慰藉相逢论智谋。

附：陈志雄原诗

四载同窗弈相投，
切磋棋艺意悠悠。
有朝一日龙虎聚，
力拼棋盘显智谋。

注析

　　此诗1984年7月作于广州市，作者与陈志雄是暨南大学数学系数学专业80级（二）班本科四年的同班同学，作者在毕业赠别时收到陈志雄赠诗，因步其韵奉和（陈志雄毕业后一直在广州企业工作）。作者获中国围棋协会授予的"业务二段棋手"称号。

七绝·黄山赋

云海怪石出奇峰，
烟雨茫茫迎客松。
温泉渐欲迷人眼，
疑入桃源仙境中。

注析

此诗1984年7月作于安徽省黄山，作者游黄山时惊叹"黄山四绝"（即云海、怪石、奇松和温泉），即兴作赋。

七绝 黄山松
二〇二〇年
十一月
寿心

满江红·与林伟农同学赠别

依依不舍，

同窗五载月如钩。

蓦回首，

年华豆蔻，

多少喜忧。

瘦狗岭中钻数理，

明湖水畔论神州。

虽使鹤发情谊尚在，

共济舟。

青春梦，

动离愁。

补校厚，

暨大稠。

握手谨祝尔，

力争上游。

胜似鲲鹏冲霄汉，

犹如猛虎下荒幽。

莫让年华空付流淌，

壮志酬。

注析

一、此词1984年7月作于广州市，作者与林伟农是暨南大学数学系数学专业80级（二）班本科四年的同班同学，在毕业时赠诗作别。作者与林伟农还是1976年广东省华侨补习学校（暨南大学华文学院的前身）为期一年的同班同学（林伟农现在广州市工作，并兼任暨南大学侨联会名誉主席）。

二、"同窗五载月如钩"是指同窗五年时光美好。

三、瘦狗岭坐落在暨南大学华文学院旁。

四、明湖是暨南大学的标志性景观之一。

见此图标 微信扫码
听故事看历史，感受广州新变化

满江红·思源思进

改革开放，

华夏今朝万象新。

忆南方，

春天故事，

百粤欣欣。

外向经济国际并，

需求内扩小康临。

雄关漫道还需迈步，

越古今。

强国梦，

民族心。

跨世纪，

宏图引。

乘世贸东风，

淬火成金。

四化深入兴科技，

两思教育如甘霖。

再创优势与时俱进，

唱佳音。

注析

一、此诗作于 2000 年 4 月广州市，2000 年 6 月 20 日刊登于中共广州市直属机关工作委员会主办的报纸《机关建设》，文字略有改动。

二、改革开放以来，广东省成为全国外向型经济的第一大省。2000年中国加入世贸组织，主动与国际接轨。同年，时任中共中央总书记江泽民同志在广东考察时指出要开展"致富思源、富而思进"的教育活动，简称"思源思进"或者"两思"活动。

三、"四化"指四个现代化。

七绝·无题

思君远去未相逢，
郑重明月送秋风。
海上天涯同此际，
云归玉壶冰心中。

注析

一、此诗 2008 年 9 月写于广州市，表达作者对朋友的怀念之情。

二、"云归玉壶冰心中"，引自唐朝诗人王昌龄《七绝·芙蓉楼送辛渐》的诗句"一片冰心在玉壶"。

七绝·服务贸易好

服贸新年传喜讯，

功成不忘道艰辛。

春风得意催人爽，

迈步雄关越古今。

注析

一、此诗2016年2月作于广州市，春节期间中央电视台《新闻联播》报道国务院常务会议通过了广州市等10个城市和5个新区为"国家服务贸易创新发展试点城市"，作者所在的广州市商务局服务贸易处作为牵头部门，以突出广州市服务贸易特色及优势为主旨作申报，使广州在众多城市的竞争中脱颖而出，如愿以偿获得国家批准并享受有关政策，为广州建设国际商贸中心注入新动力；恰逢新年办公室的墙面正粉刷翻新，作者留守值班，遂即兴赋诗。

二、"迈步雄关越古今"引自毛泽东主席《忆秦娥·娄山关》中的诗句"雄关漫道真如铁，而今迈步从头越"。

望江南·广州好

广州好，

粤海饮茶香。

六脉珠江通海纳，

千年商埠好客忙。

思乡曲流长。

注析

一、为响应 2019 年 10 月 14 日广州市委宣传部和羊城晚报社主办的"望江南·广州好"诗词征集活动，作者在广州市创作《望江南·广州好》一首应征，此词初选入围，文字略有改动。

二、"粤海饮茶香"源于毛主席诗词《七律·和柳亚子先生》中的诗句"饮茶粤海未能忘"，表明食在广州誉满天下。

三、"六脉珠江通海纳"，表达"六脉皆通海，青山半入城"的广州具有开放包容、海纳百川的城市气质和品格。

四、"千年商埠好客忙"，表达广州作为中国唯一历代对外通商的口岸，老城市新活力，以广交会等广交五大洲商客朋友，千年商都全球闻名。

五、"思乡曲流长"，是以著名音乐家马思聪的名作《思乡曲》，抒发海内外赤子心系广州、爱祖国爱家乡的情怀，并首尾呼应诗词"广州好"的主题。

七律·抗美援朝颂

英雄不怕远征难，

抗美援朝只等闲。

五轮战役腾激浪，

卫国捐躯藐弹丸。

金刚铁路支前暖，

上甘精神敌胆寒。

更喜板门签协定，

三八线上尽开颜。

附：毛泽东《七律·长征》原诗

红军不怕远征难，

万水千山只等闲。

五岭逶迤腾细浪，

乌蒙磅礴走泥丸。

金沙水拍云崖暖，

大渡桥横铁索寒。

更喜岷山千里雪，

三军过后尽开颜。

注析

一、此诗 2020 年 10 月 23 日作于广州市，当日是中国人民志愿军抗美援朝出国作战 70 周年纪念日。作者和毛泽东诗《七律·长征》而成。

二、板门，即板门店，在朝鲜和韩国的军事分界线（即北纬 38 度附近的三八线）上。1953 年 7 月 27 日，《朝鲜停战协议》在这里签订。

上甘嶺

中国人民志愿军

上甘嶺·抗美援朝战
2020年

水调歌头 · 新暨南

昔别上海滩，

又起珠河湾。

千里归来赤子，

声教于暨南。

领袖亲临教海，

百年侨府涅槃，

今朝立标杆。

改革潮浪涌，

开放再登攀。

史馆里，

聆嘱托，

撸袖干。

传继中华文化，

特色向高端。

和而不同风范，

淘尽天下万难，

四海纳百川。

共圆复兴梦，

一统筑江山。

注析

一、此词 2020 年 11 月作于广州市。

二、"暨南"二字出自《尚书·禹贡》篇："东渐于海，西被于流沙，朔南暨，声教讫于四海"，意思是面向南洋，将中华文化远传播到五湖四海。暨南大学 1906 年创立于南京，后迁至上海；1949 年合并于复旦、上海交通大学；1958 年在广州重建。

三、习近平总书记于 2018 年 10 月 25 日莅临暨南大学考察，提出希望坚持办学特色，为海外侨胞回祖国学习、传承中华文化创造更好的条件。

见此图标 微信扫码
听故事看历史，感受广州新变化

沁园春·粤剧

南国红豆,

百载沧桑,

万里飘香。

看一船两岸,

戏唱珠江;

八和会馆,

曲音绕梁。

九声六调,

汉语独传,

中华文化远流长。

省港澳,

共申遗凯旋,

国盛运昌。

粤剧如此辉煌,

引无数名伶竞登场。

赞师曾驹荣,

洗练大方;

品超红女,

样板名扬。

改革先驱，

薛腔泰斗，

融汇中西胜群芳。

俱往矣，

愿梨园后浪，

再续荣光。

注析

一、此词 2020 年 11 月作于广州市。

二、周恩来总理曾赞誉粤剧为"南国红豆"。"百载沧桑，万里飘香"，是指粤剧起源于明末清初粤港澳地区，逐步传播到东南亚及欧美华人聚居地。

三、"看一船两岸，戏唱珠江"，指粤剧以涂成红色的"红船"，作为往来珠江三角洲流域演出的交通工具。

四、"八和会馆"是粤剧界民间社团，馆址是粤剧爱好者云集交流和演出的地方。

五、"九声六调"指粤语读音，有学者认为粤语是古汉语特征保留最完美的方言。

六、2009 年，粤港澳三地联合申报的粤剧被联合国教科文组织列入人类非物质文化遗产代表作名录。

七、粤剧五大名伶：薛觉先、马师曾、白驹荣、罗品超、红线女。

八、梨园指戏班、剧团。

江城子 · 永庆坊

海丝荔湾起苍黄，

洋行旺，

红船忙。

精工彩绣，

雕花永庆坊。

迎来戏曲群星汇，

融中外，

谱华章。

老街骑楼展画廊，

微改造，

满洲窗。

功夫祖院，

粤音忆故乡。

西关小姐回眸望，

留印记，

焕新妆。

注析

一、此词2020年11月作于广州市。

二、广州是我国重要的对外通商口岸，商贸较发达，荔湾区的十三洋行和永庆坊迎来黄金发展期。

三、红船是粤剧戏班在珠江流域演出时的交通工具。

四、广彩、广绣、牙雕、粤剧、骑楼、满洲窗、西关小姐等，是广府特色文化的主要元素。

五、广州对荔湾区永庆坊等旧城区进行微改造修缮，2018年10月25日习近平总书记视察时给予高度称赞。他强调："城市改造注重文明传承和根脉延续十分重要，传统和现代要融合发展，让城市留下记忆，让人们记住乡愁。"

六、"功夫之王"李小龙的祖屋在永庆坊内。

浪淘沙·北京路步行街

牵手行轴线，

广府商圈，

旅购文娱不夜天。

循环向暖引消费，

小康人间。

忆南越先贤，

伟略翩翩，

古道千年展变迁。

老城活力今又现，

盛世新篇。

注析

一、此词 2020 年 11 月作于广州市。

二、广州市是重要的国际商贸中心，自南越国起已有 2000 多年的历史。

三、北京路步行街位于广州城市中轴线上，是著名的商圈，其中有始于唐代的千年古道遗址。北京路步行街于 2018 年获"首批国家级改造升级步行街"称号，发挥着引领消费、促进循环经济发展的重要作用。

四、2018 年 10 月习近平总书记视察广州时，提出广州要推动实现老城市新活力，在四个方面出新出彩。

沁园春·雪

鼠年新春，

千里煤缺，

万里雪飘。

望南岭内外，

雾雨潇潇；

京广线上，

素裹拦腰。

车站内外，

春运人潮，

欲与寒流试比高。

盼归家，

过年齐团聚，

喜庆今朝。

灾情如此多糟，

引无数军民齐战鏖。

总书记下矿，

温暖送捎；

总理南下，

前线慰劳。

沿途奋战，

昼夜铲扫，

大众一心破冰雹。

俱往矣，

学抗灾人物，

万难可抛。

注析

　　此词是 2008 年 2 月作者与广州市商务局王德胜同志在广州市共同创作的，歌颂当年全国军民抗击南方雪灾的事迹，并在广州市商务局的春节团拜会上朗诵表演。

念奴娇·抗疫

混世魔王，

莽新冠，

突袭广宇惶惶。

湖北有难全民助，

最靓天使逆航。

中西并治，

火雷方舱，

挽既倒澜狂。

内防外控，

赢来胜利曙光。

却看西边夜郎，

夸夸自乱，

束手无良方。

沧海横流我本色，

举国体制无双。

驰援越洋，

大医精恳，

彰呈自信担当。

抗疫奏响，

人间正道沧桑。

注析

一、此词 2020 年 12 月作于广州市。

二、第一句是指 2020 年初突如其来的新冠肺炎疫情席卷了全世界。

三、"最靓天使逆航",指奋战在湖北等灾区的医护人员是最美天使,是逆行者,是英雄。

四、"火雷方舱",指武汉的火神山和雷神山方舱医院。

五、"举国体制无双",指中国特色社会主义的体制优势,使疫情防控取得的成效全球独一无二。

六、"大医精恳",指医术高明,并且医德高尚。

七、"人间正道沧桑",出自毛泽东主席诗词《七律·人民解放军占领南京》,指人类社会是按照科学规律变化和发展的,人们必须遵循这个正道。

蝶恋花·陈家祠

陈氏名门甲广府，

古祠流芳直迈青云步。

聚义堂前汇雅儒，

铜雀台下呈英武。

精雕细刻见功夫，

岭南建筑何处无艺术？

胜读十年圣典书，

家国自信情千古。

注析

一、此词2020年12月作于广州市。

二、陈氏家族是广东省人口最多的家族。

三、陈家祠（又称"陈氏书院"）是广东省规模最大、装饰华丽、保存完好的传统岭南祠堂式建筑，"古祠流芳"是羊城八景之一。

四、陈家祠是院落式布局，深三进，广五间、九堂六院；以青云巷和连廊相接，一进更比一进高，寓意平步青云；聚贤堂是整个建筑的中心；祠堂处处是精雕细刻的装饰艺术品，其中有"曹操大宴铜雀台"和"梁山聚义"等精美艺术雕塑。

五、郭沫若1959年参观时所写诗词中有"胜读十年书"这一句。

六、"家国自信情千古"，是指参观陈家祠，使人倍增文化自信和家国情怀。

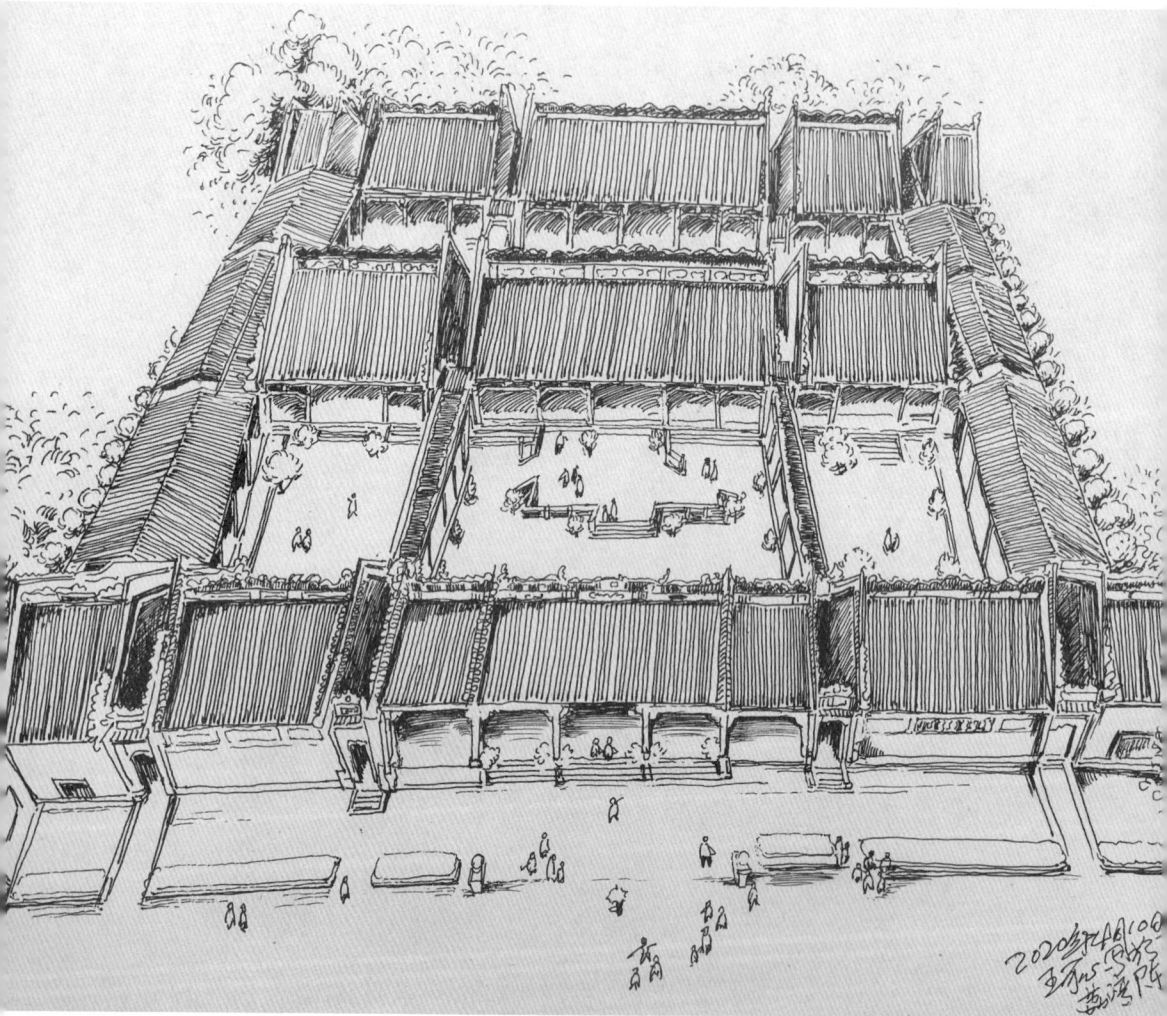

2020年3月4月10日
王勝五 写生
西关大屋

西江月·南沙自贸区

作别荒滩僻壤，

迎来自贸华章。

巨轮名车集大港，

枢纽技智兴邦。

开放催生潮浪，

创新永有朝阳。

湾区伟业成梦想，

南沙再铸辉煌。

注析

一、此词 2020 年 12 月作于广州市。

二、南沙区位于珠江出海口，原由滩涂、河涌和山丘等组成，是广州市唯一的出海通道。

三、2014 年南沙自贸区（即广东自贸区南沙片区）获国务院批准成立，是粤港澳大湾区的核心，是粤港澳合作的平台。

四、南沙通过开发建设，已拥有世界十大港口之一的广州港，拥有国际邮轮母港，规模位居全国第三位；是中国三大造船基地之一和国际汽车产业基地，平行进口汽车数量居全国第二位。

五、南沙是国际重要的航运枢纽，肩负着改革开放先行先试、体制机制创新的重任，未来将通过引资引技引智，大力发展高端服务业、科技智慧产业、临港先进制造业和旅游休闲健康产业。

七绝·闻中国出口劲增抒怀

岁始乌云今不再，

百花谢落我花开。

出口疾风知劲草，

赢得抗疫胜机来。

注析

一、此词 2020 年 12 月作于广州市。

二、虽然 2020 年初，中国出口受全球新冠肺炎疫情影响大幅下降，但政府及时出台促进外贸和经济回暖的一系列政策，使企业出口逐月回升，到 11 月竟创历史新高，激增 21.1%；而同期欧美等主要经济体出口仍严重下降不止。

三、中国出口一枝独秀，产业链和供应链较完整，体现出较强的抗疫情和抗风险能力。

清平乐·神农草堂

神农草尝，

南药起苍黄。

阅尽河图洛书墙，

才觉脉络阴阳。

更喜葛洪肘方，

引来诺奖收囊。

千载中医秉继，

一生正气当刚。

注析

一、此词 2020 年 12 月作于广州市，被广州市神农草堂博物馆收藏。

二、广东省是全国中医药强省，2006 年神农草堂建于广州市白云山南麓广药集团内，是广东省建设中医药强省的重要平台之一。

三、传说神农尝百草而始有中医药，草堂内的医史浮雕墙有神农尝百草等故事，展示中医药从远古到近代五千多年的发展轨迹；河图洛书墙展示其为中华文化和中医理论的源头，从中知阴阳、经络等中医药基础要素。

四、岭南医药的开山鼻祖葛洪著有《肘后备急方》，屠呦呦得益于它的启发提炼青蒿素而获得 2015 年诺贝尔医学奖。

五、神农草堂内有国医大师禤国维手书的"正气石"，彰显正气内存，邪不可干。

鹊桥仙·广州农讲所

学宫俊采，

使命策源，

拨云指路毛委员。

敌友分清揭首要，

工农聚力竞开元。

星星之火，

可以燎原，

不忘初心气宇轩。

历史潮流谁可挡？

枪杆里面立新权。

注析

一、此词 2020 年 12 月作于广州市。

二、广州是中国近代革命的策源地。从 1924 年 7 月至 1926 年 9 月，在广州共举办了六届广州农民运动讲习所（简称"广州农讲所"），培育了来自全国各地的 754 名农民运动干部。学员们的使命，就是组织农民

协会、建立农民自卫军、参加东征和北伐、发动武装起义和斗争等。

三、"俊采"出自唐代诗人王勃《滕王阁序》，原句"俊采星驰"指天下的才俊如同繁星闪耀，这里指来自全国各地的农民运动人才。

四、毛泽东同志（时称"毛委员"）任广州农讲所第六届所长，高瞻远瞩，拨开云雾，先后提出了"谁是我们的敌人？谁是我们的朋友？这个问题是革命的首要问题""工农联盟""星星之火，可以燎原""枪杆子里面出政权"等著名论断，给中国共产党领导的中国革命指明了前进的方向。

五、"开元"，是指开创新阶段、新纪元。

广州 中山纪念堂 2021.1.9

减字木兰花·黄埔军校

国共合作，

东征北伐气如虹。

联盟抗日，

浴血杀敌立伟功。

三年内战，

钟山风雨见兵戎。

海峡两岸，

何时聚力统一中？

注析

一、此词 2020 年 12 月作于广州市。

二、黄埔军校于 1924 年 6 月在广州黄埔长洲岛正式成立，是中国近代最著名的一所军事学校，培养了许多国民党和共产党的军事将领和人才。

三、国共合作，黄埔学生为主的革命军取得了东征和北伐战争的胜利，在抗日战争中同样也取得重大胜利。

四、黄埔军校走出去的国共将领经历了多年解放战争，最终以中国共产党的胜利告终。本词引用了当时毛泽东主席所写《七律·人民解放军占领南京》中的"钟山风雨起苍黄"。

虞美人 · 黄埔新貌

古港科城情未了,

名企聚多少。

俊采星驰又东风,

黄埔鹤立湾区枢纽中。

香雪朝阳应犹在,

却将旧颜改。

问君扎根有何愁?

恰似东坡不辞向南流。

附:后唐李煜《虞美人·春花秋月何时了》原诗词

春花秋月何时了,

往事知多少。

小楼昨夜又东风,

故国不堪回首月明中。

雕栏玉砌应犹在,

只是朱颜改。

问君能有几多愁?

恰似一江春水向东流。

注析

一、2020 年 12 月 28 日广州市黄埔区、广州开发区举办决胜"十三五"收官战暨重大项目集中签约竣工投试产活动，作者在广州欣闻后有感而发，和后唐李煜《虞美人·春花秋月何时了》而写了此词。

二、千年的黄埔古港是中国海上丝绸之路起点之一，广州港现是世界十大港口之一。

三、黄埔区、广州开发区是粤港澳大湾区中世界 500 强、中国 500 强最聚集的区域之一，其中广州科学城高新技术企业和科研机构林立，是粤港澳大湾区的核心枢纽。

四、"俊采星驰"，引自唐代诗人王勃《滕王阁序》，指天下的才俊如同繁星闪耀。

五、"萝岗香雪"是 1962 年广州市评出的"羊城八景"之一，郭沫若曾题诗句"十里梅花浑似雪，萝岗香雪映朝阳"。"却将旧颜改"是指萝岗香雪的景色已旧貌换新颜。

六、宋代著名诗人苏东坡在广东惠州任职期间，因喜爱岭南美食而写下"日啖荔枝三百颗，不辞长作岭南人"的诗句，引用于此是指人才乐意在广州黄埔扎根。

广州科学城

广州科学城
2024.1.15

十六字令三首

山，
绿水峰回春盎然。
思想引，
金银落玉盘。

山，
抗疫逆征新冠蛮。
排险阻，
共和赞钟南。

山，
扶贫甩帽众人搬。
愚公在，
峻岭变平川。

注析

一、此词作者写于 2021 年 3 月广州市。

二、有感于 2020 年中国发生的三件重大事件，遂作此诗词。一是环境保护取得重大成果，"绿水青山就是金山银山"的理念深入人心并取得重大成效；二是抗击新冠疫情取得重大胜利，领军人物钟南山荣获"共和国勋章"；三是扶贫攻坚取得全面胜利，贫困山区（县）全部摘帽。

2021. 3. 22. 王阿水

● 家书及师生类

七律·新居赞

我在天河有个家，

三房一厅多宽大。

地板天花又亮白，

书房客厅真优雅。

中天广场看得清，

绿化园区幽似画。

购物打球好又多，

新居宛度休闲假。

注析

　　此诗是作者2000年3月于广州市天河区穗园小区新居辅导时年9岁的儿子时，两人共同创作的。当时作者一家赶上1999年广州市福利分房的末班车并于2000年春节入住，从此告别住在七十二家房客式的集体宿舍和寄宿父母家的漂泊生活，又恰逢在广州市朝天小学读三年级的儿子需按学校要求写一篇以家庭内容为素材的作业，遂父子合作，触景生情，即兴赋诗；既完成作业，又陶然自得。这首诗受到学校表扬，在全班宣读。

示儿（一）

高考常被称为人生第一大考。你今年高考取得优异成绩，可喜可贺。这也是对你十二年学海生涯努力耕耘的最好回报。

一、回顾

你是中国改革开放时期出生的幸运儿。1991 年你在全国著名的中山医附属第一医院出生，入托广州市最好的五家幼儿园之一——广州市政府机关幼儿园；入读全国百家名校之一——广州市朝天小学；以第八名的成绩考入重点中学广州市第二中学；今年又以广东省理科前 80 名的优异成绩被中国第一学府——北京大学信息科学技术学院计算机科学技术系录取，实现了你梦寐以求的夙愿。

你一路顺利升上高三后，却几经艰辛，先从期中考试、英语口语和自主招生等考试不利的阴影中突围冲顶成功，又在选报高校时一波三折，经不懈努力最终才峰回路转如愿以偿。实践证明：成功总是偏爱胸怀远大目标且披荆斩棘前行不息的有志者。高三班主任刘华斌老师说得好："只要你努力，一切皆可能。"成功之路可归纳为"五靠"：一靠树立目标信念，二靠坚忍不拔精神，三靠个人好学悟性，四靠老师和长辈们经验教诲，五靠同学和朋友们相互启发帮助，五者缺一不可。今后你在学习、工作和为人处世诸方面，在遇到困难和挫折时，这仍是渡过难关、克敌制胜的法宝。

二、希望

你今年已满18岁正式成年步入社会，考入北大只是人生走好了的第一步，将来的路还很长。人的成长离不开天时地利人和，外部环境（即机遇）要及时把握，内部环境（即个人素质）要尽早提升。现向你提出五点希望。

（一）树立远大志向

男儿当立志，男儿当自强。未来四年，学习是你的最主要任务，马克思说："在科学的道路上没有平坦的大路可走，只有在崎岖小路的攀登上不畏劳苦的人，才有希望到达光辉的顶点。"北京大学提供了很好的学习生活环境和国内外交流平台，希望你倍加珍惜。要立足北大，放眼世界；要积极参与社会实践，德智体全面发展；要保持谦虚谨慎、不骄不躁、与人为善的作风，成为有理想、有能力、有责任、有作为的一代青年。"气清更觉山川近，意远从知宇宙宽。"希望你以市二中副校长张棉发来的短信"二中为之骄傲"不断勉励和鞭策自己，以优异表现再为母校争光。

（二）制定发展目标

四年时光，稍纵即逝，要充分利用北京大学集国内最优秀的师资、生源、学习环境、国际化学习和交流平台的优势。建议你第一年尽快适应和融入，实现由中学以老师灌输式学习为主，向大学以自主学习式为主的转变；第二年择定专业方向，瞄准国际一流学府

或机构；第三年努力创佳绩争上游；第四年顺利毕业升读国际一流名校研究生。实现由广州（市二中）——中国（北大）——世界（一流学府）的三级跳战略目标。

与你同届高考680分以上的广州市二中几位同学，在中学时期已瞄准国际一流学府来谋划用功，做事既有中长期规划（3—5年）又有短期目标（当年），一步一个台阶，很值得你学习借鉴。希望你进一步加强与这些同学的交流，共同迈向更高的目标，在研究生阶段会师世界顶尖学府。

（三）增强综合素质

作为一名大学生，一要有哲学头脑、战略眼光、系统思维、脚踏实地精神、创新本领和知人本领，善于观察和总结高手的好做法，不断提高学习、组织策划和协调能力。二要敢于超越自我。678分不言顶，687、696、702……，学习无止境，超越也无止境。三要树立正确的人生观和世界观，热爱祖国，把好人生航船的前进方向。四要培养科学的方法论。学会透过现象看本质，用全面（各种不同角度）、辩证（正反两方面、换位思考等）、发展（顺应世界潮流）的方法去分析和解决问题。五要提高辨别是非的能力。北京大学是开放性大学，历来各种思想汇集，是中国"五四"运动的策源地，既有蔡元培、李大钊、毛泽东、李四光等中国杰出人物，又有方励之之辈。你在青年阶段人生观和世界观逐步形成，既要关心国家大事，又要说话做事以国家利益为重，把握自己，做到处事有方；切忌人云亦云，一时冲动感情用事，误入歧途。

（四）增强自控自理能力

首先，牢记复旦大学、香港大学和北京大学老师高考录取面试时对你的忠告，自觉限定玩电脑游戏的时间，非节假日不玩，节假日每天最多不超过 2 小时，切勿玩物丧志！第二，抓紧练好钢笔字和握笔姿势。庞中华的钢笔字体很有风格，漂亮实用，建议你多学习；我们深有体会，一手大方漂亮的字体不但能对将来的学习、工作带来方便，更能获得上下级、同学朋友和国际友人对你的好感，受益良多。第三，塑造绅士形象。坚持每天梳头洗脸剃须叠被，加强身体锻炼，并学会基本厨艺；良好的生活习惯能使人焕发青春活力，充满阳光之气。广州本田有限公司门胁轰二总经理接手广州标致汽车有限公司烂摊子的第一天就亲自动手，带领全体中日员工打扫车间，他提出"没有一流的环境，就生产不出一流的产品"，学习和生活也是如此。

（五）珍惜同窗资源

在广州市二中同学们已结下深厚情谊，今后有机会可继续合作。北京大学的校友遍及全国乃至全世界，这种资源十分宝贵，终身受益。要与同学们在学习上互相启发，生活上互相帮助，将来在更高的平台和工作上互相提携，共同进步。

"雄关漫道真如铁，而今迈步从头越。"在你即将走向北大，走向社会之际，我们给你的赠言总的是一句话：昂首光明人生路，永葆健康快乐心。

注析

　　此文是作者 2009 年 8 月 8 日于广州写给儿子的赠言，当年儿子刘斯参加广东省高考以理科 678 分的成绩，被北京大学信息科学技术学院计算机科学技术系录取。

示儿（二）

四年前，当你高考取得优异成绩被北京大学信息科学技术学院录取的时候，我写了一篇同名的短文给你。今天，在你满22岁成年正式步入社会、赴美国纽约大学计算机科学技术系读研究生之际，我又写第二篇短文，算是给你的赠言吧。本科生主要是基础理论知识掌握和初步的研究，硕士研究生则上升为专业的系统性、前瞻性和创新性研究，为此，你要在思想、方法和能力等方面及早准备好。现提出以下几点希望。

一、要能屈能伸豁达乐观

受到委屈要学会转化为奋发向上的动力。广州市二中校长在你读初中时没和你握手，让你耿耿于怀；你后来考上北京大学了，他就得夸奖你。对上级的严厉要学会适应，除非你是如来佛，否则即使你有孙悟空七十二变的本事，也要受到紧箍咒的约束。

要正确对待人的一生必然会遇到的种种困难。面对挫折不要动辄怨天尤人，而应好好总结得失以利再战，相信办法总比困难多，正如普希金的著名诗句："忧郁的日子里须要镇静，相信吧，快乐的日子将会来临。"抗战时期陕北的一首民谣唱道："我们能熬过这最苦的现阶段，反攻的胜利就在眼前。"你的师兄俞敏洪在北大读书时很郁闷，毕业后创办的新东方公司现已在美国上市，班上成绩前三

名的同学现在都为他打工，其经历拍成的电影《中国合伙人》刚荣获2013年中国电影"金鸡奖"。邓小平一生历经三次波折，提出中国改革开放和"一国两制"的伟大构想。许多仁人志士愈挫愈勇，在逆境中奋进而成就伟业。好与坏在一定条件下是可以相互转化的，学会用辩证法看问题，就能做到能屈能伸，豁达乐观。你8月底一个人从广州飞赴美国纽约，因延误起飞，中途转机很艰辛，但终于闯过去了，这就是把坏事变成好事，所谓万事开头难。唐僧西天取经历八十一难方成正果，红军长征二万五千里终取江山，你只是第一步呢。能够用乐观向上的态度办事能让人感到做事大气，若对此怨天尤人只会使人胸襟狭隘，难成大器。

二、要创新思维借力攻关

当前中国大学本科的理论教育强于美国，缺乏的主要是创新性和国际化水平，而这点正是美国名校教育最擅长的。因此，要着重培养创新思维。

一是永远好奇。拿破仑曾豪情万丈地说："在我的字典里没有不可能。"要敢于打破惯性思维，大胆说：I don't think so。地球漂移学说、牛顿万有引力定律的提出、光纤和LED灯的发明等都是范例。

二是攻坚克难。前途是光明的，道路是曲折的，要坚忍不拔，认准目标，咬定青山不放松。美国名校个个高手，学习只靠聪明不刻苦是不行的。只靠聪明的人，往往不如锁定目标锲而不舍的人更能获得成功。

三是借力提升。不断增强归纳提升能力，学习而不思考，等于吃饭而不消化。要多与老师、同学、社团和长辈们开展像凤凰卫视《一虎一席谈》那样的开放式讨论、学习和沟通，注意吸收别人的学习心得和成果，为我所用。荀子在《劝学》中精辟道："登高而招，臂非加长也，而见者远；顺风而呼，声非加疾也，而闻者彰；假舆马者，非利足也，而致千里；假舟楫者，非能水也，而绝江河；君子生非异也，善假于物也。"邓宁的跨国投资"三优势理论"就是最好的例子，他从经济学大量的理论中分别抽出"垄断优势理论"和"内部化理论"，加上自己独创的"区位优势理论"，将三者合一就形成了著名的跨国投资"三优势理论"，成为跨国公司国际投资普遍采用于可行性研究分析的理论依据。

四是三多三早。《潜伏》作者麦家说："幸运之神的降临，往往只是因为你多看了一眼，多想了一下，多走了一步；也是因为你早看了一眼，早想了一下，早走了一步。"即：机会总是关照有所准备的人。10年前发明手机叫创新，若现在才设计手机只能叫模仿。20世纪80年代是大鱼吃小鱼，90年代是好鱼吃坏鱼，21世纪是快鱼吃慢鱼。因此，无论学习还是做事都要有紧迫感和预判能力，未雨绸缪。多观察并学习你心中的巨星偶像及其标杆企业是如何做事的，就能洞察并抢占发展先机。

五是超越自我。中国围棋第一位九段棋手陈祖德写了名篇《超越自我》，他是新中国战胜日本九段棋手的第一人。三届世乒赛冠军庄则栋总结自己的经验写了《闯与创》，他们的成长与成功，首先都

是战胜自己超越自我，然后才战胜看似不可逾越的对手。可见，人的这种心理优势是取得成功的重要精神力量，你也应培养这样的能力。

三、要有梦想

当年你即将赴北京读大学前，北京大学老师的"新生志向之问"一语中的："你是谁？你想成为什么样的人？"北大老师提出希望北大学生应有"敢教日月换新天"的豪情和自信。现在你赴美国读大学也应如此。

一要仰望星空和脚踏实地。作为硕士研究生，应该用70%的时间学习大学研究生课程并熟练运用，同时一定要用30%的时间收集和思考当前世界计算机领域的热点、重点和难点，过去、现在和将来，发展方向、目标、机遇与挑战，以及未来远景等。这样你就能站在本领域的前沿。为此，要树立战略思维、国际眼光，密切关注美国迈克尔·塞勒在《移动浪潮》（*The Mobile Wave*）所表述的移动互联网、云计算、人工智能、物联网、海量数据（云存储）、信息安全、智慧城市、超算等新兴业态。从现在起，应采取图书馆查阅专业书刊与平时上课、网络收集相结合的方式，开设文件夹分类收集上述领域的专家文章、标杆企业（如谷歌、苹果、微软、腾讯等）发展动态及未来发展战略、著名高等院校和科研机构的研究论文，并关注一些新设小公司被标杆公司兼并的动态。当你收集到100篇共10万字材料并能提炼和驾驭它们为你的研究报告所用的时候，你就能如著名行业专家一样，对你研究领域的发展水平、未来发展方向、应重点突破的技术难点了如指掌，并敢于异想天开地提出未来10年甚至30年后全球的发展目标，这可诙谐比喻为"熟读唐诗三百首，不会作诗也会吟"，实质是熟能生巧。若能如此，你的研究生论文一定很精彩很有创意。同时，学习计算机虽以软件为主但也要软硬兼施不偏废，当前以软件集成方式的商品化是大趋势（如手机、移动互联网、人工智能等），只有软件和硬件融会贯通才能在学习和科研时与团队的导师、同学和同事们有更好的互动与合作，正如你与广州市二中同学在机器人竞赛的团队合作一样，才能在学校和计算机领域有江湖地位。

二要制定研究生发展目标。两年时光，稍纵即逝，要充分利用美国名校优秀的师资生源、学习环境、国际化学习和交流平台的优势。建议你第一学期尽快适应和融入，实现由大学本科以书本学习为主研究为辅，向研究生以课题和方向为主书本为辅的转变；第二学期择定专业方向，以世界顶尖学府的研究生水平为目标；第三学期努力创佳绩争上游；第四学期顺利毕业，进入国际知名机构或公司工作或继续升读世界名校的博士研究生。

三要男儿当立志。古人云："预则立，不预则废。"美国加州前州长阿诺德·施瓦辛格加年轻时就是明确树立人生的分步走发展目标而成功达标的。成功总是偏爱胸怀远大目标且披荆斩棘前行不息的有志者。高中的班主任刘华斌老师说得好："只要你努力，一切皆可能。"爸爸在大学毕业后就制定了10年发展目标，在35岁前如愿以偿达到了考取所有与工作相关的职称（包括计算机软件工程师、

国际商务师、会计证、英语专业文凭）的目标，这些专业技能使我在工作中充分发挥长处如鱼得水终身受益。建议你可制定自己前十年"三步走"发展目标。即"第一步"，3—5年（28岁前）能熟练运用本领域技术技能并获得中级职称（如工程师、架构师、讲师）等；"第二步"，5—10年（即35岁前）能考取高级职称（如系统分析师、教授级高工、博士等）；"第三步"，10年后成为本领域的行家里手，在本单位和本领域有所作为，不碌碌无为虚度年华。美国纽约大学提供了较好的学习生活环境和国际交流平台，希望你倍加珍惜。要树立远大志向，放眼世界顶尖名校，积极参与社会实践，德智体全面发展；保持谦虚谨慎、不骄不躁、与人为善的作风。以广州市二中的精神和灵气勉励鞭策自己，以优异表现再为母校争光。

　　四要培养领军型人才的气质。世界名校是以培养领军型人才为己任的。要干成事业，就必须具备领军型人才的气质。为此，你要保持和发扬广州市二中高考时对英语和化学那种舍我其谁的霸气。钟南山敢于收治有高传染性的危重非典患者，带领科研小组最终治愈重症病人成为全国抗击非典英雄。毛泽东在青年求学时就在长沙湘江橘子洲头发出了"问苍茫大地，谁主沉浮"的"天问"，到达延安后更抒发出"俱往矣，数风流人物，还看今朝"的王者风范。在人生征途中需要攻坚克难的关键时刻，这种霸气是激励自己、鼓舞团队的定海神针。凭这精神，红军的小米加步枪也能神奇般战胜蒋介石的飞机大炮。

四、要提高综合素质

一是学会危机处理能力。做事要从最坏的情况去准备，向最好的结果去努力。识大局，能干事。诸葛一生唯谨慎，吕端大事不糊涂。居安思危，早定预案，防患未然。这样遇到突发事件时就能冷静应对，处变不惊。

二是勿过于固执己见。要学习奥巴马那样善于倾听吸收各方意见，博采众长，才能成长和成熟得更快。建议你多看成功人士如罗斯福、赵小兰、李嘉诚的传记，从中领悟出如何才能从小变大、由弱变强、成长为领军人物的有益启示。

三是提高专业本领。世界 500 强和著名大企业肯给计算机领域骨干人员年薪人民币 100 万元以上的优厚待遇，这些骨干人员就必须有给大公司创造更高价值的本领，天下哪有免费的午餐？所以提高综合素质十分重要，要么具备像大企业骨干人员那样有超群的计算机专业水平，要么不靠编程能力而靠广泛的欧美计算机业界同学和朋友们的人脉合作关系来承揽国际业务。如果你至少具备上述能力之一，那你要多少年薪或者自主创业当 CEO 都不是问题了。

四是依靠五种人走向成功。即：高人指点（导师、名人、长辈）、贵人相助（同学、朋友、同事）、本人努力（悟性、勤奋）、小人监督（嫉妒、难题）、前人积德（出身、种族），五者相辅相成。今后你在学习、工作和为人处世诸方面，在成功和挫折面前，都要懂得依靠什么和防范什么。

五是采用正确的方法。要有哲学头脑、战略眼光、系统思维、

脚踏实地、创新本领和知人本领。培养科学的方法论，学会透过现象看本质，用全面（各种不同角度）、辩证（正反两方面、换位思考等）、发展（顺应世界潮流）的方法去分析和解决问题。

六是养成良好的生活习惯。坚持每天梳头洗脸剃须叠被，塑造绅士形象。加强身体锻炼，展现你的羽毛球技术，以及乒乓球、游泳等体育爱好，强壮的体魄和对运动的爱好会使美国人对你的印象加分。要学会基本厨艺，抓紧练好钢笔字。塑造一个身体好、学习好、有头脑的现代青年形象，令人顿感焕发青春活力，充满阳光之气。同时，纽约大学的同学遍及全世界，要珍惜同窗资源，终身受益。要与同学们在学习上互相启发，生活上互相帮助，将来在更高的平台和工作上互相提携，共同进步。

在你已经走出国门、走向社会之际，给你的赠言归纳为：炼就闯与创锐气，塑造真善美心灵。仰望星空青春梦，还看今朝中国心。

注析

此文是作者 2013 年 10 月 2 日于广州写给儿子的赠言，当年儿子刘斯于北京大学计算机科学技术系本科毕业，被美国纽约大学计算机科学技术系录取攻读研究生。

示儿
2020.11.17

在广州市第五十一中学高二（二）班
毕业40周年聚会上的致辞

尊敬的梁协同老师、各位同学：

大家晚上好！

今天我们欢聚在美丽的广州塔下、珠江河畔，这里是生我养我的故乡，与教育培养我们的老师、共同成长的同学们在一起，心情十分激动，我想说三句话。

第一句话：感恩。

一是感谢梁协同老师多年来对我们全班同学的关怀，教导我们学业进步和做人做事，使我们成长为对事业有成就、对社会有贡献和对家庭有责任的人。

二是感谢市五十一中，还有七株榕小学和人民中路的大平台，使我们成为同学和邻居，带给了我们20世纪60—70年代特有的、现在有钱也买不到的纯真同学情和欢乐颂，我们互相帮助天天向上，德智体全面发展。

三是感谢全班同学的大力支持，特别是感谢骆卓瑜同学的倡议、感谢海外同学们的大力支持，不远万里，回到广州，促成了今天40周年的大团聚，圆了海内外全体同学多年的夙愿。

第二句话：幸运。

我们是78届高中毕业生，恰逢邓小平同志1978年在十一届三中全会上倡导中国改革开放的元年。今年是市五十一中同学40周年大庆，也是中国改革开放40周年大喜的日子。回顾40年风雨兼程，虽然历尽艰辛却也幸运，不用上山下乡，我们通过劳动和智慧，亲身经历和见证了改革开放将中国从贫穷发展到小康，经历和见证了交通工具从单车发展到高铁，经历和见证了广州由4个区的小城故事发展到11个区1400万人口的世界级城市。正如微信所说那样，50后和60后是中国最勤奋的一代人。我们赶上了跨世纪中国高速发展的新时代前进步伐，没有虚度人生，我们是时代的幸运儿。

第三句话：祝福。

祝福梁老师和全体同学身体健康、家庭幸福、生活美满！最后，预祝本次市五十一中同学聚会圆满成功！

谢谢大家。

注析

一、此文是作者2018年4月21日在广州市第五十一中同学（现改为广州市华侨中学）78届高二（二）班毕业40周年聚会上的致辞稿。

二、作者1976—1978年在广州市第五十一中同学读初三至高二毕业，梁协同老师是该班班主任兼语文任课老师，作者是该班班长。

三、由于当时是按学生家庭所在街道分班的，所以全班同学基本上都是住在广州市人民中路的邻居，同时都是越秀区七株榕小学的同学。

广州市第五十一中学高二（二）班毕业40周年聚会

悼母亲

母亲刘萍珍离开我们已经 15 年了。2005 年 7 月 6 日，母亲因脑出血在广州市第一人民医院去世，终年 74 岁。因父亲于 1957 年下放到广东省英德华侨农场，我 1961 年出生后是在母亲身边长大的。母亲祖籍广东梅县，1931 年在泰国曼谷出生，青年时代追求进步加入泰国共产党外围组织，1950 年由泰国共产党保送回中国北京参加革命，参加中央统战部组织的归国华侨青年训练班学习，后参加南下工作团到广东惠阳指导土改，土改结束后留在广东省侨委，成为广东省中国旅行社首批 12 位创建者之一，至 1988 年离休。母亲对我影响至深，她的音容笑貌至今仍时时浮现在我脑海。

听母亲说，我出生四个月就被送到华侨大厦幼儿园小小班日托，约两岁送到华侨新村的华侨大厦幼儿园全托，周末才能回家。后来，我在母亲工作单位广东省中国旅行社华侨大厦附近的广州市越秀区迴龙路小学读一年级。这七年时间我都在母亲身边。1969 年母亲也下放到韶关的广东省桂头"五七"干校，我转到观绿路家附近的七株榕小学读书。父母由于都不在广州，就请了一位保姆照料年幼的我和姐姐的生活。直到母亲 1975 年从桂头"五七"干校回到华侨大厦工作，父亲刘记昌 1978 年落实政策从英德华侨农场回广州暨南大学工作，我们才真正过上合家团聚的生活。

　　母亲给我许多快乐。我小学时每年暑假都参加广东省中国旅行社组织的接送家属小孩们由广州坐火车到韶关桂头"五七"干校的统一安排活动，与母亲团聚。干校在武江边，我与大人和小孩们一起在那里天天游泳、玩耍，十分开心。母亲有时带我打井水洗澡，在炎炎夏天，那井水真爽快啊，每次还顺便打满一桶井水带回宿舍用。母亲还经常带我到桂头镇"趁圩"赶集，买冰棍吃，用客家话与农民讨价还价买鸡蛋，回到宿舍用煤油小炉子煎鸡蛋美美地吃。干校集体养猪种菜，自给自足，每周都杀猪吃肉，周末还在操场放电影，这与当时广州市粮油煤肉限购物资紧张的艰难日子相比，我感觉干校简直是人间天堂。我每年去桂头与母亲团聚约一个月，都是黑乎乎胖胖的回广州。所以每年快到放暑假时我都很兴奋，盼望快点出发去桂头干校母亲那里。

　　母亲性格乐观。我父亲在1957年被错划为"右派"下放到英德华侨农场21年，而且工资待遇被降，但母亲忠贞不渝，不离不弃，并独自挑起了养育子女的家庭重担。我小时候观绿路家仅14平方米，春夏季节下大暴雨时家里四个木制窗户因不够严实，常常漏水淹进屋，这时母亲和我用口盅和抹布不断把地上的漏水收集进水桶后倒掉；母亲虽然干得很累但总是乐呵呵的，我受她感染对自己小小年纪也能为这种家庭式抗洪出力而乐此不疲。母亲对儿女很亲切，也善待同事、邻居和朋友。只是我小时候偶然看到她傍晚独坐窗前，望着窗外远处发呆，我摇着她手臂问妈妈在想什么，她也默默不回答。自从20世纪80年代初家里买了彩色电视机后，她就很喜欢每天看电视节目，这成为她一生最大的爱好。

母亲心地直爽。在20世纪70年代，住观绿路时隔壁家的夫妇俩养10个儿女，每月月底入不敷出，她都先给钱接济，待他们下月发工资时才还。母亲长期在华侨大厦票台工作，当时火车卧铺票很紧张难买，华侨大厦的清洁女工托她买火车票，她都热心帮忙买。母亲刚直不阿，对错误的事情直率批评，不管对方是领导还是其他人。我小时候母亲负责窗口票务工作，在下午对外办公时间结束后，她经常还要加班对票证和款项统计结账，这时我就坐在母亲旁边的办公桌，边做功课或玩玩具边陪母亲，直到晚上她完成工作后，一起走路回家。

母亲善待儿孙。她只想儿女平安地学习和生活就满足了，她像那个年代的革命者那样，把自己和儿女交给组织安排，从不为自己和儿女的事向组织提出关照要求。母亲与1991年出生的孙子同属羊，抱养孙子使她晚年乐融融。儿女和孙子读书成绩好，她就很开心了。我姐姐读中学放暑假时得了急性盲肠炎入住省人民医院，当时母亲和我正在韶关桂头干校，收到邻居发来的加急电报后，立即连夜带上我一起步行一个多小时赶到桂头火车站，坐慢车八个小时于次日上午到达广州火车站；在站台遇到同车到达的父亲，一起直奔医院，母亲当即留在医院日夜陪护姐姐10多天直到病愈出院。当我高考连续两年受挫时，她也从不责备，一如既往对我好，使我身心放松去学习并终于考上大学，母亲这种方式使我以后的工作学习和养育小孩受益良多。

　　母亲为人正直的风格深深影响着我，成为我一生为人处世的重要准则。斯人已逝，生者如斯。

　　母亲逝世 15 周年之际，特写此文，以表悼念和哀思之情。

注析

　　此文于 2020 年 7 月 6 日作于广州市，为纪念母亲去世 15 周年而作。

● 书法作品类

汤永华手书唐诗 《七绝·瀑布联句》赠作者

注析

一、2012 年 9 月 26 日，广州市外经贸局老领导、副巡视员汤永华向作者赠送一幅书法作品作为勉励，内容是唐代诗人李忱和希运合作的七言绝句，全诗如下。

《七绝·瀑布联句》

千岩万壑不辞劳，远看方知出处高。（希运）

溪涧岂能留得住，终归大海作波涛。（李忱）

二、唐宣宗李忱（810—859 年），汉族，唐代第 16 位皇帝，宪宗第十三子，穆宗李恒的弟弟，武宗李炎的叔叔。李忱登基前为避武宗的迫害，传说出家做和尚，隐于江南禅林，且与黄檗寺的希运禅师过往甚密。李忱与希运在黄檗观瀑吟诗，传为佳话。

七绝·《瀑布联句》
2020.11.17

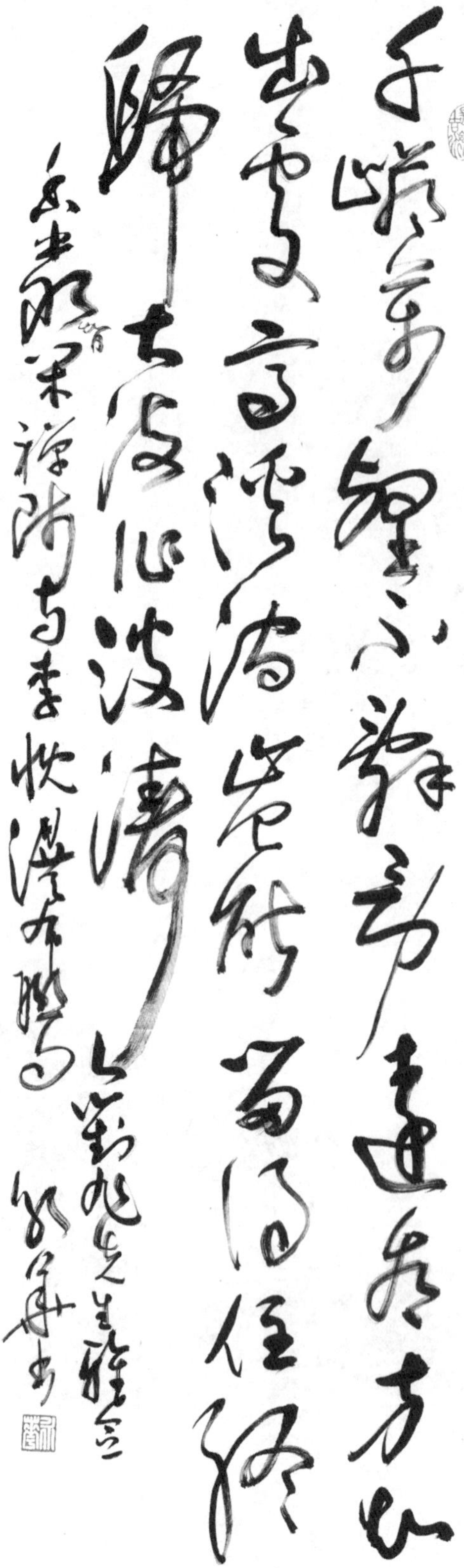

千嶂里

出没云涛浩渺间

归去不须心波涛

丙申之秋禅游方丈

快游九州

○○先生雅正

乙酉之秋

汪之成手书作者诗词
《浪淘沙·北京路步行街》

率手行軸線　龐府商
園旅購人娛　不夜天
循環向暖引消費小旅
人們遠南越先賢偉略田
蓊蓊古道王手屣變
遷老城潭今又現咸
正新篇

劉旭浪閣于北京路步行街
辛丑吉日汪之城並

何爱高手书作者诗词
《沁园春·粤剧》

南國紅豆百載瀠素芳星飄香天一船兩岸

戲唱珠江八和会館曲音繞粵九聲六調

港語猶傳中華文化遠流長省港

澳共申遺凱旋國盛運昌粵劇如斯

輝煌引世教名儕竟登埸橫師曹

駒學涎練方品超紅如杆楊名揚政革

先艷薛醒泰斗融匯中西勝馨芳

俱往矣顧梨園后浪再續榮光

劉旭先生詞沁園春粵劇 二〇二〇年

十月 何愛鳥書

何爱高手书作者诗词
《江城子·永庆坊》

海丝荔湾起誉黄　洋行旧红船忙

精工彩绣雕花　永庆坊逓来

戏曲群星汇　融中外譜華章

老街骑楼展画廊　微改造活洲

窗功贵祖院粤音恒故鄉西闗

少姐回眸望　印记旧新妙

劉旭先生词江城子永庆坊

二〇二〇年十一月何爱昌书

黄志德手书作者诗词
《蝶恋花·陈家祠》

陈氏名门甲岭南　太祖渊源著真迁

青云步裹盖芸萃　匯雅儒

铜雀春深二室英武　精雕细刻

见功夫　嶺南连架何安慰

水秀流长十年　輝典书家国

白信情千古

劉旭先生羽缘堂花县家祠一首

辛丑年新春嶺南黄志国并書

刘旭手书《清平乐·神农草堂》

神農嘗菊藥起蒼黃閣

戶河圖洛書墻才覺脈絡

陰陽更喜萬洪肘方引來

諾獎收囊千載中醫秉繼

一生正氣當剛

劉旭清平樂神農草堂並題於廣州

刘旭手书《采桑子·红陵祭》

半世風雨祭英靈

歲歲清明今又清

明犧牲敢教旌旗

擎真理起義捨身

挺先烈紅陵壯志

紅陵氣清更向中

華興

一九七七年四月五日清明節

采桑子紅陵祭劉旭詞並書

后记

　　我 1961 年 10 月出生在广州，在小学到高中读书期间曾学工学农，
1978 年高中毕业，恰逢中国改革开放的元年，赶上了恢复高考，1984 年
毕业于"中国华侨第一学府"的暨南大学数学系，大学本科毕业后一直
在外经贸系统工作，直到 2019 年初退休，其中 2007 年中央党校经济学
（经济管理）专业在职研究生毕业。

　　广州市是广东省省会、千年商都、中国历史文化名城和著名侨乡，
是中国近代革命的策源地和改革开放的先行地，是国家粤港澳大湾区的
核心区。我有幸经历了从新中国第一代领导集体进行的社会主义建设、
到改革开放走中国特色社会主义道路、再到跨世纪开放型经济高质量发
展的新时代，亲身参与和感受这时期中国所发生的深刻而可喜的变革。
为表达对这片热土的赞美和家国情怀，我在学习和工作之余，创作了一
批反映当代中国社会主义革命和建设、改革开放到新时代历程和成就，
以及中华岭南文化特色的诗词。近期，我把自己撰写的相关诗词集结出
版，希望对喜欢和想多了解中国改革开放以及岭南文化的读者朋友们有
所帮助。

　　感谢广东省委党校副校长、我读在职研究生的导师余甫功教授拨冗
为本诗文集作序；感谢广州市荔湾区政协委员、广东省美术家协会会员、

知名画家王可心先生拨冗为本诗文集——精心绘制插图，令本书生色不少；感谢广州市商务局老领导、汤永华副巡视员所赠书法作品作勉励；感谢与我合作写诗词的广州市商务局王德胜副处长；感谢中国作家协会会员、原广州军区《民兵生活》杂志社社长蔡常维将军和广州坤江汽车配件工业制造有限公司刘鸿坤董事长的热心推荐，广东省书法家协会会员、广州市番禺区作家协会主席何爱高先生为《江城子·永庆坊》和《沁园春·粤剧》两首诗词创作书法作品；感谢中国书法家协会会员、我在广州雪墨书院学书法的汪之成院长为《浪淘沙·北京路步行街》诗词创作书法作品；感谢中国画研究会黄志德先生为《蝶恋花·陈家祠》诗词创作书法作品。同时，还要感谢广东人民出版社赵世平主任和赵瑞艳编辑对本诗文集出版提出了很好的设计和修改意见；感谢暨南大学出版社苏彩桃老师的热心推荐；感谢原广州市第五十一中学梁协同老师对我语文的指导；还要感谢中学同班同学骆卓瑜在 1975 年读初三放暑假时借我一本当时买不到的喻守真编《唐诗三百首》，让我如获至宝昼夜研读并手抄一遍才奉还，不然可能就没有今天我的诗词集出版了。感谢我妻子潘春华和儿子刘斯给予的大力支持；感谢对本诗文集出版给予热情帮助的有关同学、同事和朋友们。是大家的大力支持，才使它得以顺利出版。

由于作者水平有限，本书难免有错漏之处，欢迎读者朋友们批评指正。

刘 旭

2021 年 3 月 18 日于广州

听故事看历史，感受广州新变化

为了帮助你更好地阅读本书，我们提供了以下线上服务

广州印象

★ **历史回顾**：一览改革开放前的广州风貌

★ **城市故事**：听故事，感受广州市井文化

★ **寻味羊城**：看美食攻略，品尝羊城老味道

阅读体悟

【生活新貌】记录下改革开放以来生活发生的变化

你还可以添加智能阅读向导
获取【同类好书】

微信扫码